かぜのでんわ

いもと ようこ

やまのうえに 1だいのでんわが おいてありました。

だれが おいたのか わかりません。
でんわせんは つながっていませんが、いつも ぴかぴかに みがかれています。

このでんわは『もう あえなくなったひとに、じぶんのおもいを つたえると、
かならず そのひとに とどく……』と いわれています。

きょうも ひとり、やまを のぼってきました。
たぬきのぼうやです。

いっしょうけんめい てっぺんを めざして あるいています。

ぼうやも でんわを かけにきたのです。

たぬきのぼうやは じゅわきを とると、いきなり いいました。

「もしもし、おにいちゃん。
　どこに いるの？
　はやく かえってきてよ！

『おにいちゃんは とおくへ あそびにいった』って
　おかあさんから きいたけど……。

　　ぼく さびしいよ！
　　いつものように あそんでよ！
　　ぼく、いいこにするからさ！　ねっ！

　　はやく、はやく かえってきて！

　　　　ぼく、まってるから……」

つぎのひは うさぎのおかあさんが やってきました。
おかあさんは しずかに じゅわきを とると、

「もしもし、ぼうや。
　げんきにしてる？　いいこにしてる？

　いつものように『ただいま──』って かえってきて！
　そして『おかあさーん』って よんでちょうだい！

　　いつものように……

　　　　いつものように……

　　　　　いつものように……。

　いつものように こもりうたを うたうね！

　　♪ラララララララ……ラララララ……

　　　　　　　ラララララララ……ラララララ……♪

　　　　　　　……おやすみ ぼうや」

あめが ざーざー ふっています。
こんなひに きつねのおとうさんが やってきました。
そして でんわのまえで いつまでも ないています。

ようやく、じゅわきを とりました。

「もしもし、おれ、どうしたら いいんだ！
　おまえが いないと なんにも できないんだよー。
　ひどいじゃないか！
　おれと こどもたちを のこして いっちゃうなんて……。
　ひどいよー ひどいよー ひどいよ──！

　ごめん！　こんなこと いうつもりじゃなかったんだ。
　ほんとうは ありがとうを いいにきたんだ。
　ありがとう！　ありがとう！
　いままで ほんとうに ありがとう！」

そして、きつねのおとうさんは いっぱい いっぱい なきました。

それから いくにちか たちました。

ねこさんが やってきました。
ねこさんは いのるように じゅわきを とりました。

「もしもし、かみさまですか？

　かみさま、おしえてください。
　ひとは なぜ しんでしまうのですか？
　なぜ うまれてきたのですか？

　　いきるということ、
　　しぬということは……

　　　　　　　　　　どういうことですか？

　おしえてください……かみさま」

やまに あかや きいろのはっぱが まいはじめました。

いままで どれだけのひとが、このでんわで はなしたことでしょう。

あるさむい よるのこと。
くまのおじいさんが うとうと ねむっていると、どこかで でんわが なっています。
リーン　リーン　リーン　リーン

「おや？　でんわのベルのようだが……。うちには でんわは おいてないし、
　どこで なってるんだろう……。まさか？　やまのうえのでんわが？　そんなはずはない」

じつは、やまのうえのでんわは、このくまのおじいさんが おいたのでした。
そして まいにち ぴかぴかに みがいているのでした。

　　　リーン　リーン　リーン　リーン

　　　「やっぱり でんわが なっている……。どこだろう？」

くまのおじいさんは むっくり おきあがり、
でんわが なっているほうへ あるいていきました。
ゆきも ちらちら ふってきました。

リーン
　　　　リーン
　　　　　　　　リーン
　　　　　　　　　　リーン

でんわのベルが どんどん ちかづいてきます。

「えっ！　そんな？　あのでんわは せんが つながってないんだから、
　なるはずはない……」

おじいさんは ぶつぶつ いいながら やまを のぼっていきました。

やっぱり おじいさんの おいた でんわが なっているのでした。

「えっ！　そんな？　そんな……？」

おじいさんが じゅわきを とると、
ゆきは ぴたりと やみ、
かぞえきれないほどのほしが
きらきらと かがやきはじめました。

まるで、
　「でんわ ありがとう……

　　　でんわ ありがとう……

　　　　でんわ ありがとう……

　　　　　　ありがとう……

　　　ありがとう……

　　　　　ありがとう……」

　　　　　と、いっているようです。

おじいさんは そらを みて、さけびました。

「とどいたんだ！　みんなのおもいが とどいたんだ！」

風の電話

岩手県大槌町の佐々木 格 さん（ガーデンデザイナー）が、自宅の庭に「風の電話ボックス」をおきました。「会えなくなった人へ伝えたい……」ひとりっきりになって、電話をかけるように相手に想いをつたえる空間で、実際の電話線はつながっていません。電話機のよこには、こう書かれています。

> 風の電話は心で話します
> 静かに目を閉じ　耳を澄ましてください
> 風の音が又は浪の音が或いは小鳥のさえずりが
> 聞こえたなら　あなたの想いを伝えて下さい

佐々木さんが震災前から考えていたものだそうですが、心の復興のきっかけになればと思い、実現させたそうです。

「あまりにも突然、多くの命が奪われた。せめてひとこと、最後に話がしたかった人がたくさんいるはず。そして今回の震災だけでなく、会えなくなった人につたえたい想いを持っている人は多いと思います。どなたでもいらしてください」

この絵本は、この「風の電話」をもとに作られたものです。

作絵　いもと ようこ

兵庫県生まれ。金沢美術工芸大学油画科卒業。『ねこのえほん』『そばのは
なさいたひ』でボローニャ国際児童図書展エルバ賞を２年連続受賞。『いも
とようこうたの絵本１』で同グラフィック賞受賞。

著書に『かずのえほん』『うんち』『あいさつ』『たったひとりのともだち』『つ
ぎはわたしのばん』『きょうのえほん』『かあさんのこもりうた』『スーフと
白い馬』『いつもいっしょに』『ＡＢＣのえほん』『あいうえおのえほん』
「大人になっても忘れたくない いもとようこ名作絵本」シリーズ「大人に
なっても忘れたくない いもとようこ世界の名作絵本」シリーズ「いもとよ
うこの日本むかしばなし」シリーズ（以上金の星社）『ねずみくんのだいす
きなもの』（ひかりのくに）『おめでとう！』（佼成出版社）他多数。

＜いもと ようこホームページ＞ http://www.imoto-yoko.co.jp/

「風の電話」ボックスは……

佐々木格さんの自宅の庭「ベルガーディア鯨山」のなかに
あります。

〒 028-1101
岩手県上閉伊郡大槌町吉里吉里 9-36-9（大槌町浪板 9-36-9）
TEL　0193-44-2544（受付時間 10:00 ～ 16:00）
http://www4.plala.or.jp/bell-gardia/

＊私設のため、利用は原則予約制です。
＊ 2014 年 1 月現在、JR 山田線 宮古～釜石間は復旧していません。

かぜのでんわ

初版発行／ 2014 年 2 月

作絵・いもと ようこ

発行所　株式会社金の星社　〒 111-0056　東京都台東区小島 1-4-3
TEL　03-3861-1861（代表）　FAX　03-3861-1507　振替　00100-0-64678
製版・印刷　株式会社廣済堂　製本　東京美術紙工
■ 24 ページ　23.6cm　NDC913　ISBN978-4-323-02451-6

■乱丁落丁本は、ご面倒ですが小社販売部宛にご送付ください。送料小社負担でお取り替えいたします。
ホームページ　http://www.kinnohoshi.co.jp